Le Pau
et le Riche

Illustrations originales de
Harvey Stevenson

Un soir, un voyageur qui marchait depuis des jours et des jours fut surpris par la nuit avant d'avoir trouvé une auberge où se reposer.

Il se sentait très fatigué lorsqu'il aperçut enfin deux maisons qui se tenaient face à face, chacune d'un côté de la route. L'une, grande et belle, appartenait à un riche marchand, l'autre, petite et misérable, était celle d'un pauvre paysan.

En arrivant près des maisons, le voyageur pensa :

— Je vais aller plutôt chez le riche, je le dérangerai moins, si je lui demande de m'offrir à manger, et il aura sûrement un bon lit à me proposer.

Il frappa à sa porte ; mais le marchand ouvrit seulement la fenêtre à l'étage et lança d'une voix rude :

— Qui êtes-vous, qu'est-ce que vous voulez ?

L'étranger répondit qu'il souhaitait un abri pour la nuit. Le riche l'examina avec méfiance, et lorsqu'il vit à ses vêtements usés qu'il n'aurait pas d'argent pour le payer, il dit au voyageur :

— Je ne peux pas vous recevoir, toutes mes chambres sont pleines de grain et du fruit de mes récoltes. Et puis si je devais accueillir tous les vagabonds qui passent par ici, je deviendrais vite mendiant, moi aussi !

Allez voir ailleurs ! Et il referma vivement ses volets.

L'étranger traversa alors la route pour s'adresser à la petite maison.

A peine eut-il frappé à la porte qu'on s'empressa de lui ouvrir. Un vieillard le salua avec gentillesse et le pria d'entrer.

Le voyageur remercia et le suivit à l'intérieur.

La femme du pauvre paysan vint à son tour lui souhaiter la bienvenue.

— Installez-vous donc près du feu, vous devez avoir froid et faim, mon bon monsieur ; nous n'avons point grand-chose mais c'est de tout cœur que nous partagerons. Elle mit aussitôt quelques pommes de terre à cuire, et alla traire la chèvre afin d'ajouter un peu de lait à leur modeste repas.

Après le dîner, la vieille femme murmura à son mari :

— Ce voyageur est venu de très loin, il doit être éreinté.
Il a besoin de dormir dans un vrai lit pour sûr, laissons-lui le nôtre.
Nous coucherons ben sur la paille pour une nuit…

Le paysan accepta tout de suite et proposa le lit à l'étranger.
Celui-ci refusa d'abord, mais les deux petits vieux insistèrent tant
qu'il finit par accepter.

Le lendemain, le vieil homme et sa femme se levèrent les premiers pour préparer un petit déjeuner à leur invité. Lorsque l'inconnu fut réveillé, il mangea avec eux de très bon appétit. Avant de les quitter, sur le seuil de la porte, il se retourna :

— Si vous deviez faire trois vœux, quels seraient-ils ?

— Trois vœux ! oh ben… à part être heureux, et rester en bonne santé… je vois point autre chose à souhaiter, moi ! répondit la femme.

L'étranger alors suggéra :

— N'aimeriez-vous pas, par exemple… une nouvelle maison ?

— Oh ben ça, c'est sûr, ça, c'est sûr… la nôtre tombe en ruine, et il y fait rudement froid l'hiver ! soupira la petite vieille.

— Ça c'est ben vrai ! ajouta son mari. Mais on peut point arrêter les courants d'air, hein, une nouvelle maison, faut point rêver, allons, faut point rêver !

Le voyageur hocha la tête en souriant et s'en alla…

Les deux braves vieux le saluèrent de la main, jusqu'à ce qu'il disparaisse peu à peu dans le lointain.

La matinée était déjà bien avancée quand le riche se leva.
Il ouvrit ses volets et ce qu'il vit de l'autre côté de la route
le laissa stupéfait.

— Oh la la la la ! Viens vite, cria-t-il à sa femme qui accourut
aussitôt. Dis-moi si je rêve. Qu'est-ce que tu vois là, en face, à la
place de la misérable maison que nous avons toujours connue ?

— Ça, alors ! s'exclama l'épouse en se frottant les yeux. Je ne
comprends rien… vraiment rien de rien ! Mais d'où vient cette
splendide demeure ?

— Donc, je ne rêve pas ! Que s'est-il passé ? Tâche de savoir !
dit le mari en poussant son épouse vers la porte.

La femme alla vite interroger le paysan qui lui raconta en détail la venue du voyageur, comment ils l'avaient reçu et ce qu'il leur avait dit en partant ; puis il conclut :

— Il n'avait rien d'extraordinaire, vous savez ! quoiqu'en y repensant… il avait dans les yeux une drôle de lueur… il vous regardait avec… comment dire, une grande bonté. Enfin toujours est-il que nous l'avons accompagné jusqu'au chemin et quand nous nous sommes retournés ma femme et moi, cette merveille de maison nous attendait.

L'épouse du riche se hâta de rentrer chez elle pour répéter à son mari ce qu'elle avait appris.

— Ah, la, la, la, la ! si j'avais pu deviner ! s'exclama alors celui-ci, je me battrais d'avoir été si bête ! Quand je pense que cet homme était d'abord venu chez nous et que je l'ai renvoyé ! Oh la la la !

— Dépêche-toi ! tu peux encore le rattraper, lui dit sa femme. Sois très aimable avec lui, il exaucera peut-être trois vœux pour nous aussi !

Le riche, sans plus attendre, sauta sur son cheval et partit.

Il galopa à une telle vitesse qu'il eut tôt fait de rejoindre le voyageur. Il mit pied à terre pour s'incliner devant lui :

— Vous savez, noble étranger, j'avais finalement décidé de vous laisser entrer hier soir, mais vous êtes parti pendant que je cherchais la clé ! lui dit-il avec des politesses et des courbettes qui n'en finissaient pas. Puis, la main sur le cœur, il ajouta :

— Si jamais vous repassez par là, surtout, surtout, venez chez nous ! n'hésitez pas !

— Certainement, je n'y manquerai pas, dit l'inconnu avec un petit sourire ; l'hypocrisie de l'autre ne lui avait pas échappé.

Il allait reprendre son chemin, quand le riche l'arrêta :

— Ne me serait-il pas permis, à moi aussi, d'exprimer trois vœux, comme l'a fait mon voisin ?

— Vous pouvez bien sûr, mais ce ne serait pas bon pour vous. Vous feriez mieux de ne rien désirer du tout ! Mais le riche insista encore, alors l'homme mystérieux lui dit :

— Très bien, rentrez chez vous ; les trois vœux que vous ferez seront accomplis.

Le riche s'en retourna en songeant à ce qu'il pourrait bien désirer. Il était si profondément plongé dans ses pensées que les rênes lui glissèrent des mains et que le cheval se mit à bondir dans tous les sens. Son maître qui aurait bien aimé réfléchir tranquillement à ses vœux en fut très agacé.

— Oh la la la la ! tout doux ! Calme ! fit-il au cheval en lui caressant l'encolure pour le flatter, mais cela n'eut aucun effet. L'animal recommença ses ruades de plus belle… si bien que le marchand, fou de colère, finit par souhaiter :

— Si tu pouvais te casser le cou ! Sale bête !

A peine avait-il prononcé ces mots que le cheval s'abattit
lourdement sur le sol, comme foudroyé. La pauvre bête ne se
releva pas, elle resta étendue, complètement immobile, bel
et bien morte. Le premier vœu venait ainsi de se réaliser.

L'homme riche n'éprouva aucun chagrin, mais il était furieux ,
car ce cheval lui avait coûté une fortune. Comme il ne voulut pas
abandonner la selle qu'il avait achetée fort cher aussi, il la détacha
et l'emporta.

Forcé de continuer à pied avec ce lourd fardeau sur le dos, il se consolait en pensant aux deux vœux qu'il pouvait encore faire.

Mais le soleil de midi devenait accablant et, sur le chemin, le riche marchand avançait de plus en plus péniblement.

— Il faut que mes deux souhaits soient absolument parfaits, de sorte qu'ensuite je n'aie plus rien à désirer. Ah ! Encore faut-il les trouver. Oh la la la la la !

Et il cherchait, cherchait, cherchait ; par moments il croyait avoir une idée, mais après réflexion, il se rendait compte qu'il lui manquait encore ceci ou cela et il lui fallait continuer à chercher.

Écrasé par le poids de la selle, il marchait de moins en moins vite, il avait mal au dos et sa gorge sèche le faisait souffrir, mais ce qui l'énervait le plus, c'était qu'il avait beau se creuser la tête, il n'arrivait toujours pas à trouver deux vœux assez parfaits.

Comme aucune idée ne parvenait à le satisfaire, ses pensées
se mirent à vagabonder, et voilà qu'il songea à sa femme.
Il l'imagina à la maison, bien à son aise, assise au frais, en train
de manger peut-être, pendant que lui se mourait
d'épuisement !

Cela l'irrita à tel point qu'il entra dans une rage terrible :
— Ah, cette bonne femme ! elle ne me sert pas à grand-chose !
A sa place, je préférerais avoir un âne, tiens ! lui au moins me
porterait cette maudite selle !

Sitôt le dernier mot prononcé, sa femme transformée en âne trottinait à ses côtés. Son deuxième vœu venait d'être exaucé… Le riche, tout heureux de se débarrasser de la selle, la posa sur le dos de l'animal qui gémissait.

— Hi han ! hi han ! hi han !

En entendant sa femme braire ainsi, le méchant homme éclata de rire, puis, pour l'obliger à avancer, il lui donna quelques coups de pied.

En arrivant chez lui, il voulut conduire l'âne à l'écurie mais les plaintes de celui-ci furent si déchirantes, ses cris si stridents qu'il dut, pour le faire taire, l'emmener dans la maison.

Il crut qu'il allait pouvoir enfin se reposer dans son fauteuil et réfléchir tranquillement au dernier de ses souhaits. Mais l'âne, avec de grands yeux pleins de détresse, frotta son museau sur son épaule en essayant de lui faire comprendre que le seul vœu à choisir maintenant était qu'il redevienne sa femme ! Mais le riche ne voulait rien savoir, alors l'âne se mit à ruer et à donner des coups de sabots partout. Puis, comme le marchand hésitait encore, l'âne commença à tout casser autour de lui… Si bien que l'homme soudain apeuré fut contraint d'obéir. L'animal put reprendre enfin sa forme humaine. Le troisième et dernier vœu venait d'être exaucé…

C'est ainsi que le riche marchand, à cause de son avarice et de sa méchanceté, ne récolta dans toute cette aventure que des contrariétés.

Les pauvres vieux de la maison voisine, toujours prêts à rendre service à ceux qui frappaient à leur porte, vécurent heureux de longues années.

Quant au voyageur mystérieux, il poursuit sa longue marche à travers le monde et aujourd'hui encore.

La Petite Sirène

d'après Andersen
Illustrations originales de
Daniel Maja

Il y a bien longtemps, on racontait qu'au plus profond
de la mer, où personne ne peut s'aventurer, se trouvait le royaume
des sirènes. Et là, au cœur d'une forêt d'algues immenses
où dansaient des poissons extraordinaires de toutes les couleurs,
se dressait le fantastique château du roi des mers, tout de corail,
de perles et de merveilleux coquillages nacrés.

Ce roi avait six filles charmantes, mais la plus jeune était la plus ravissante avec ses yeux d'un bleu profond comme l'océan, ses cheveux si longs et clairs qu'ils se confondaient avec les vagues, et sa voix si belle qu'on venait de très loin pour l'entendre. Comme toutes les sirènes, elle n'avait pas de jambes, mais son corps se terminait par une queue de poisson aux reflets arc-en-ciel.

Chacune des six sœurs avait un jardin de fleurs marines qu'elle décorait à son goût. La plus jeune y avait installé une belle statue de marbre tombée d'un navire ayant fait naufrage et qui représentait un très beau garçon. Curieusement, la petite sirène n'avait pas de joie plus grande que d'entendre sa grand-mère parler du monde des humains. Cela l'émerveillait.

— Quand vous aurez quinze ans, répétait souvent la grand-mère
à ses petites-filles, il vous sera permis de nager jusqu'à la surface
des flots. Vous pourrez vous poser sur les rochers au clair de lune
pour contempler les voiliers, et peut-être même aurez-vous
la chance d'approcher les côtes avec leurs collines, et les villes
des hommes... Mais il faut pour cela attendre vos quinze ans,
pas avant.

La petite sirène était la plus impatiente de toutes ; elle rêvait
et soupirait souvent en apercevant là-haut l'éclatante clarté
du soleil et celle si douce de la lune.

Le jour vint où l'aînée des six ondines eut quinze ans.
Elle monta à la surface de la mer et, au retour, raconta à ses sœurs
la beauté des lumières d'une grande ville aperçue au loin.

L'année suivante, ce fut le tour de la seconde, qui, elle,
leur parla avec un enthousiasme fou des cygnes sauvages
qui volaient dans le ciel. La troisième sœur raconta les fleuves,
où se baignaient joyeusement les enfants des hommes.

La quatrième dit qu'elle avait passé tout son temps à jouer avec ses amis les dauphins.

C'était l'hiver quand la cinquième put monter admirer les icebergs brillant d'une lueur magique sous les étoiles. Chaque fois, les yeux de la petite sirène s'allumaient de plaisir à l'écoute de leurs récits.

Quand arriva enfin le jour de son quinzième anniversaire, elle s'élança à la surface, et oh ! quel enchantement lorsqu'elle sortit la tête de l'eau ; le soleil couchant illuminait d'or la mer et les nuages. Un grand navire se trouvait là, tout près, immobile ; la petite sirène entendit de la musique et s'approcha.

Des matelots dansaient sur le pont, ce n'étaient que rires
et chansons ; il y eut même un feu d'artifice, car on donnait une
fête pour les seize ans du jeune prince. Dès que la petite sirène
le vit, elle ne put en détacher ses yeux : elle resta près du navire
pour le contempler jusque très tard dans la nuit.

Soudain, le vent se leva, les vagues se firent hautes et noires, une tempête violente éclata ; le bateau se mit à tanguer dangereusement et un mât se fracassa sur le pont. La petite sirène comprit le danger qui menaçait l'équipage ; elle regrettait de ne pouvoir leur venir en aide, lorsque le navire fut soulevé par une vague immense et retomba en se brisant sur les flots.

Le prince, assommé par le choc, allait se noyer. Oh non ! Vite, elle se précipita à son secours. Elle tint sa tête hors de l'eau et, en nageant, le tira à grand-peine jusqu'à une plage abritée.

Elle l'allongea avec précaution sur le sable ; il était toujours évanoui, mais au moins il respirait !

La petite resta près de lui toute la nuit.

Au matin, elle entendit des voix s'approcher ; aussitôt, craignant d'être vue, elle plongea dans l'eau. C'étaient des jeunes filles en promenade ; l'une d'elles, la plus jolie, se pencha sur le prince juste au moment où il ouvrait les yeux. Puis, toutes l'invitèrent à se joindre à leur groupe. La petite sirène les regarda s'éloigner et, toute triste, regagna son palais du fond des mers.

A partir de ce jour, elle ne pensa plus qu'au prince et, comme elle trouvait que la statue de marbre lui ressemblait un peu, elle ne la quitta plus.

Elle retourna souvent sur la plage où elle avait laissé le jeune homme, mais elle ne le revit jamais.

Elle confia alors sa peine à ses grandes sœurs ; émues, elles lui montrèrent où se dressait le château du prince.

La petite sirène s'y rendit tous les jours sans jamais se montrer ;
plus le temps passait, plus elle était attirée par le monde
des humains, et plus son amour pour le prince grandissait.
Mais comment l'approcher à nouveau ? Il ne lui restait plus
qu'une solution, faire appel à la sorcière des mers.

Bien qu'elle en eût très peur, elle alla la trouver au fond
de son gouffre. Il lui fallut traverser d'effrayants tourbillons de
vase bouillonnante et d'horribles buissons vivants qui semblaient
vouloir la saisir. La redoutable sorcière l'attendait au fond
de son repaire, en compagnie d'affreux serpents et d'un crapaud
repoussant. Elle haïssait le roi des mers et se réjouissait
de pouvoir assouvir sa haine sur une de ses filles.

Dès que la petite fut devant elle, avec un mauvais sourire,
elle lui lança :

— Tu veux deux belles jambes à la place de ta queue, je parie ?
Ah, ah, ah... Eh bien, je vais t'aider : tu boiras cette potion avant
le lever du soleil et tu verras ta queue se transformer.

Tu garderas ton élégance et ta souplesse, mais, à chaque pas
que tu feras, tu auras aussi mal que si tu marchais sur des lames
tranchantes.

Tu ne pourras jamais plus redevenir sirène, et si tu ne gagnes
pas l'amour du prince tu seras pour toujours seule au monde.

Acceptes-tu tout cela ?

— Oui ! J'accepte ! fit sans hésiter la petite sirène, pâle comme la mort et prête à tout pour retrouver son prince.

— Il faudra me payer en retour, reprit la sorcière. Ta voix est la plus pure jamais entendue au fond de la mer, donne-la moi !

— Que vais-je faire sans voix ? demanda la petite sirène.

— Il te reste ton charme, ta beauté... Allons, donne vite !

La sorcière lui tendit alors un petit flacon et, en éclatant d'un rire terrifiant, fit sortir de la gorge de l'ondine sa jolie voix, qu'elle enferma aussitôt dans un coquillage.

La petite sirène nagea jusqu'au rivage, tout près du château du prince. Là, elle but la potion et aussitôt une douleur terrible la fit s'évanouir. Lorsqu'elle se réveilla, son bien-aimé était près d'elle et lui souriait. Timide, elle baissa les yeux et vit avec plaisir qu'elle avait maintenant deux belles jambes à la place de sa queue de poisson.

Le prince lui demanda qui elle était, d'où elle venait, mais, désormais muette, elle ne put répondre qu'avec son plus tendre sourire et son regard triste et doux.

Alors, le prince la mena au château, où une servante s'occupa d'elle et la vêtit d'habits somptueux.

Jour après jour, elle partageait la vie du prince, qui appréciait de plus en plus sa compagnie. Un soir, bien qu'elle en souffrît atrocement, elle dansa pour lui merveilleusement ; alors il lui dit qu'il la garderait toujours près de lui. Mais elle voyait bien que ses pensées étaient ailleurs. Il lui avoua bientôt que, s'il l'aimait infiniment, il n'arrivait pas à oublier le beau visage de la jeune fille sur qui ses yeux s'étaient ouverts après le naufrage.

La petite sirène ne pouvait lui dire que c'était elle qui lui avait sauvé la vie ! Elle ne pouvait que le regarder intensément, avec des larmes plein les yeux...

Les parents du prince voulurent que leur fils, en âge
de se marier, rencontre la princesse du royaume voisin.
Le jeune homme n'en avait guère envie, mais il dut obéir et
partit en bateau.

Lorsqu'ils arrivèrent, on conduisit le prince, accompagné de
la petite ondine, au château.

Quelle émotion quand il vit la princesse ! Il eut l'impression
que son cœur éclatait.

C'était elle la jeune fille de la plage à laquelle il n'avait cessé
de rêver.

Il prit alors tendrement dans ses bras la princesse, qui lui révéla
qu'elle aussi l'aimait en secret depuis ce temps-là.

On célébra le mariage le soir même, et ce fut une fête grandiose.

La petite sirène en eut le cœur brisé.

— Que vais-je devenir maintenant toute seule dans le monde des humains ? se dit-elle dans un soupir désespéré.

Sur le pont du bateau qui ramenait les jeunes mariés, elle pleura toute la nuit en regardant la mer. Ah ! comme elle aurait voulu pouvoir retourner chez les siens... Puis le jour se leva, et, soudain, elle crut reconnaître dans l'écume des vagues la chevelure d'une de ses sœurs, puis celle d'une autre et d'une autre encore !... Oui, toutes les cinq étaient là et lui faisaient signe.

Hélas, comment aurait-elle put les rejoindre à présent ?

La petite sirène n'avait plus rien à espérer du monde des hommes. Elle voulut se noyer et se jeta dans la mer. Mais, une fois au fond de l'eau, elle eut la merveilleuse surprise de retrouver sa belle queue de poisson aux reflets arc-en-ciel.

Alors elle s'empressa de regagner le royaume des sirènes où son père l'accueillit en la serrant très fort contre lui. Il lui raconta comment il avait puni la sorcière et l'avait contrainte à lever son mauvais sort. En voulant exprimer sa joie, la petite s'aperçut avec soulagement que sa jolie voix aussi lui était revenue.

La petite sirène pensa tellement longtemps au prince qu'elle crut ne jamais parvenir à l'oublier. Pourtant, pourtant... Plus tard, bien plus tard, elle épousa un beau prince des mers, auprès duquel elle fut très heureuse.

Si, un jour, vous apercevez comme de longs cheveux d'or qui dansent sur les flots ou si vous entendez une voix mélodieuse sous l'eau, peut-être s'agira-t-il de la petite sirène, qui sait ?

Édité par :
Éditions Glénat
Services éditoriaux et commerciaux :
31 – 33, rue Ernest Renan
92130 Issy-les-Moulineaux

Conseiller artistique : Jean-Louis Couturie
Photo de couverture : Eric Robert
Maquette de couverture : les Quatre Lune

Imprimé en Italie par Eurografica
Dépôt légal : Février 2005
Achevé d'imprimer en Février 2005

ISBN : 2.7234.5142.9

Loi n° : 49-956 du 16 juillet 1949 sur les publications destinées à la jeunesse.